tredition®
www.tredition.de

AF289634

Klaus-Dieter Uhden

Buckelarsch-Kakerlake

Aus dem Leben eines Berufsverbrechers

Verlag und Druck:
tredition GmbH, Halenreie 40-44, 22359 Hamburg

ISBN
Paperback: 978-3-347-18358-2
e-Book: 978-3-347-18360-5

Prolog

Im Mutterleib lebt es sich wie im Kalifat. Man wird mit allem versorgt und ist Alleinherrscher in der Dunkelheit der Gebärmutter. Zwar fehlte mir selbst in dieser Dunkelheit als virtueller Kalif noch die geistige Führerschaft, aber die weltliche erprobte ich recht erfolgreich. Ich brauchte nur mit den Füßen zu strampeln und schon stieß meine Mutter Freudenschreie aus. Sie streichelte ihren Bauch in der irrigen Annahme mich in meinem geschützten Raum damit zu beruhigen.

Als es dann endlich soweit war und die Stimme der Hebamme vom vielen Rufen „Pressen, pressen!" heiser klang, begann mein abgenabeltes Leben mit einem Unfall. Ich glitschte durch die Hände der Hebamme wie ein von der Angel befreiter Karpfen aus den Händen des ungeübten Anglers und fiel mit dem Kopf voran in eine Wasserschüssel auf dem Fußboden.

Das aufgeregte Gekreische der Erwachsenen und mein eigenes Geschrei ersparte mir den Klaps auf den Po und meinem fünfjährigen Bruder, der bei meiner Geburt zusehen durfte, eine Tracht Prügel, weil er fragte, ob ich jetzt einen Wasserkopf kriegen würde.

Als Folge dieses Unfalls verkrümmte sich meine Wirbelsäule nach hinten und mir wuchs ein Buckel. In der Schulzeit wurde ich wegen des Buckels von den anderen Kindern oft geneckt. Solange ich mich nicht allein gegen die älteren Kinder wehren konnte, verprügelte mein Bruder sie. Irgendwann konnte ich das aber selbst. Ich schob den Kopf ganz weit nach vorne und unten, stürmte wie ein Ziegenbock auf den anderen los und rammte ihm meinen Buckel in die Magengegend. In der Regel knickte der Getroffene nach vorne ein und fiel dann auf sein Hinterteil. Ich stand über ihm und setzte einen Fuß genau zwischen seine Beine, wo der Hosenschlitz endet und wo es richtig weh tut. Versuchte er sich zu wehren, verstärkte ich den Druck mit dem Fuß und seine Schreie wurden lauter.

Bei Mädchen funktionierte das nicht, weil die nicht so empfindlich an der Stelle sind. Aber da genügte auch schon das Umwerfen.

Mit 10 Jahren kam ich zum Gymnasium, weil meine schulischen Leistungen überdurchschnittlich gut waren und meine Klassenlehrerin meine Mutter dazu überredete. Meine Verweildauer in der Sexta war rekordverdächtig. Sie betrug genau einen Schultag.

Ein mir fremder Schüler begrüßte mich grinsend am zweiten Tag auf dem Schulhof mit:

„Na du alte Buckelarsch-Kakerlake?"

Er schlug nach meiner Ziegenbock-Attacke mit seinem Kopf hart auf die unterste Stufenkante der Eingangstreppe vom Gymnasium. Es gab ein unschönes knackendes Geräusch, viel Blut, und ich wurde im Streifenwagen nach Hause gefahren.

Später, im Zimmer des Jugendrichters, redeten alle auf mich ein. Der Richter, die Eltern des gestürzten Jungen, eine Vertreterin des Jugendamtes und ein Polizeibeamter, der den Rettungswagen gerufen hatte. Meine Mutter sagte nichts. Ich sagte auch nichts, weil ich im Recht war. Der Junge hatte angefangen, ich hatte mich nur gewehrt.

Als die Fragerei nicht aufhörte steckte ich mir in jedes Ohr einen Zeigefinger und blickte aus dem Fenster. Die Frau vom Jugendamt gab als erste auf, klappte den Aktendeckel zu, unter dem nur ein leerer Schreibblock lag und sah hilfesuchend den Richter an.

Der Richter tat das, was alle Richter tun, wenn sie nicht weiterwissen. „Ich vertage die Sitzung und ziehe zum nächsten Gesprächstermin einen Psychologen hinzu."

Dieser nächste Gesprächstermin fand nie statt. Ich bekam zwei Tage später die Masern und meine Mutter ein Schreiben der Schulleitung. In dem mit „Hochachtungsvoll" unterschriebenen Brief wurde ich als Risiko für die gute Klassenharmonie eingestuft und meiner Mutter dringend empfohlen die Anmeldung zum Gymnasium zurückzuziehen. Sie beantwortete das Schreiben nicht. Dazu war sie viel zu stolz und meinte die hätten es gar nicht verdient so einen hochbegabten Schüler wie mich an ihrer Schule zu haben.

Ich war einverstanden und mein Bruder auch. Er hatte gerade eine zweimonatige Jugendstrafe zur Bewährung straffrei überstanden. Also zogen wir drei Wochen nach der Sitzung im Richterzimmer wieder einmal in eine andere Stadt um.

Mit 18 Jahren hatte ich dort meine eigene Gang. Meine besondere Begabung, alles was ich einmal gesehen, gehört oder gelesen hatte fest im Gedächtnis zu behalten und jeder Zeit darauf zugreifen zu können, verschaffte mir nicht nur Respekt und Bewunderung meiner Kumpel, sondern auch zu jeder Zeit ein glaubwürdiges Alibi.

Ich war ein aufmerksamer und gründlicher Zeitungleser. Ich kannte alle Filme, ich wusste in welchem Kino sie in der Stadt liefen und zu welchen Anfangszeiten. Ich besuchte Supermärkte und konnte danach das gesamte Warensortiment in jedem Regal angeben. Mein Gehirn gleicht einer Riesenfestplatte in einem Computer, auf der alles gespeichert wird, was meine fünf Sinne wahrnehmen, und ich kann jeden gespeicherten Ordner zu jeder Zeit abrufen und den Inhalt widergeben.

Da ich oft zu Vernehmungen auf Polizeiwachen geschleppt wurde, kannte ich auch fast alle Dienstpläne und die Namen und Mobilfunk-Telefonnummern der dortigen Beamten, die am Schwarzen Brett aushingen.

Eigentlich kam ich ganz gut mit den Bullen aus, obwohl sie wussten, dass meine Gang mit harten Drogen dealte und einige Banküberfälle der letzten zwei Jahre auf mein Konto gingen. Sie hassten mich, nannten mich „Quasimodo" aber bewunderten mich gleichzeitig hinter vorgehaltener Hand, weil sie mich und meine Kumpel bisher nie überführen konnten.

Ich lieferte jedem meiner Jungs und mir selbst immer ein hieb- und stichfestes Alibi für die Zeit des Verbrechens.

Die Vernehmung bei der Kripo lief dann etwa so oder so ähnlich ab:

„Wo warst Du gestern zwischen 17 und 18 Uhr?"

„Im Kino."

„Geht es vielleicht etwas genauer? Zum Beispiel, in welchem Kino?"

„Im Filmpalast"

„Und? Welchen Film hast Du Dir angesehen?"

„Western"

„Aha, also kein Märchenfilm. Wie hieß denn der Film?“

„Für eine Handvoll Dollar.“

„Wann hat der Film angefangen?“

„Steht doch auf jedem Plakat. Halb Vier.“

„Hauptdarsteller?“

„Kennen Sie nicht. Is'n Ami.“

„Werd' nicht frech! Hauptdarsteller?!“

„Clint Eastwood“

„Hast Du noch die Eintrittskarte?“

„Habe ich weggeworfen. Wusste ja nicht, dass man sowas bei der Polizei abgeben muss.“

„Gibt es jemanden der bezeugen kann, dass Du die ganze Zeit im Kino gewesen bist?“

„Ja. Ganz viele.“

„Namen, Adressen?“

„Kennen Sie doch. Sind meine drei Freunde. Wir sind immer zusammen. Wir spielen ja auch immer zusammen Skat.“

„Natürlich. Skat spielt man aber zu dritt. Ihr seid vier!“

„Einer geht immer Bier holen. Wir sind alle Ü16. Wir dürfen das.“

„Noch jemand, der Euch gesehen hat?“

„Nein. Aber als das Kino aus war, haben wir gesehen wie Sanis auf der anderen Straßenseite jemand in den Rettungswagen schoben.“

„Wie sah der Rettungswagen aus?“

„Ich glaub’ viel Rot und Gelb. Weiß ich nicht mehr genau. Stand ASB drauf.“

„Und?“

„Was und?“

„Na, das Kennzeichen! Hast Du Dir doch bestimmt auch gemerkt.“

„Nö. Musste ich? – Aber ich glaube, die letzten zwei Ziffern waren 27. Mehr konnte ich nicht sehen, weil der Fuzi vom Rettungswagen davorstand.“

Der Kommissar stand auf und verschwand, um meine Angaben zu überprüfen. Nach 20 Minuten kam er wieder.

„Du kannst gehen, Quasimodo. Ich schwöre Dir, das nächste Mal wird Dein Arsch direkt von hier in die Zelle wandern. Und jetzt verzieh Dich.“ Das ließ er jedes Mal frustriert ab, wenn die Überprüfung meiner Angaben positiv war.

Dass die Bullen mich Quasimodo nannten, machte mir nichts aus. Ich mochte den Film „Der Glöckner von Notre Dame“.

Der Trick mit dem Alibi ist einfach. In der Zeit, während meine Jungs den Bruch machen, fahre ich durch die Stadt bis ich auf etwas Auffälliges und für die Bullen Nachprüfbares stoße. Zum Beispiel ein Feuerwehreinsatz oder ein Verkehrsunfall bei dem die Polizei vor Ort ist oder das Aufstellen von Baustellen-Schildern und so weiter. Ich speichere die Situation mit allen Details und schildere sie den Freunden.

Laut Polizeiprotokoll kamen wir vier dann gerade zufällig in der fraglichen Zeit hinzu und haben auch alle das Gleiche zu Protokoll gegeben. Kein Richter stellt einen Haftbefehl bei so einem wasserdichten Alibi aus.

Mit neunzehn Jahren war ich ein gemachter Mann. Fuhr teure Autos, ließ das Grab meiner Mutter, die bei einer handgreiflichen Auseinandersetzung mit dem Bewährungshelfer meines Bruders, unglücklich gefallen und verstorben war, mit einem protzigen Marmor-Gedenkstein neugestalten und schickte meinem Bruder Geld ins Gefängnis, für Bestechung und Sonderrationen.

Ich war ein erfolgreicher Berufsverbrecher, aber meine Erfolge wurden nie öffentlich hervorgehoben. Fand ich ungerecht. Andre Berufsgruppen werden ja auch oft lobend erwähnt. Kleine Randnotizen in der Tagespresse, wenn nach einem Verbrechen die Polizeiarbeit kritisiert wurde, weil zwar der Verdächtige „Q“ wieder einmal vernommen wurde, ihm aber nichts nachzuweisen war, erzeugten beim Leser kaum Begeisterung für meine beruflichen Fähigkeiten.

Ich wollte auf die Titelseiten der Zeitungen, ganz groß und mit Bild, damit alle, die mich Missgeburt, Hexenbuckel oder Buckelarsch-Kakerlake genannt hatten, sehen konnten welche Berühmtheit ich geworden war. Das war ich meiner toten Mutter und meinem Bruder schuldig. Ohne sie wäre ich nicht das geworden, was ich geworden bin.

***

Quasimodo gegen die Stadt

Für meinen Plan brauchte ich nicht viel Vorbereitung. Ein Konto bei einer Filiale der russischen Citibank in Moskau unter falschem Namen, zwei geklaute Handys und Geduld. Ich überwies 5.000 US-Dollar als erste Transaktion nach Moskau und wies die Bank an, jeden eingehenden Betrag, der höher als 20.000 US-Dollar ist, nach 24 Stunden als Irrläufer an die einzahlende Bank zurück zu überweisen.

Zweimal probierte ich es mit einer Überweisung von 21.000 US-Dollar aus und hatte das Geld nach 48 Stunden wieder auf meinem Konto.

Ein halbes Jahr lang wartete ich geduldig ab und verabschiedete mich in der Zeit von der Szene. Die Bullen kriegten das natürlich mit, verloren aber nach anfänglichen misstrauischen Observierungen und Personalmangel das Interesse an mir.

Das Schreiben, das ich per Postzustellung an den Polizeipräsidenten „persönlich, vertraulich" schickte, hatte folgenden Inhalt:

Sehr geehrter Herr Polizeipräsident,

richten Sie ein WhatsApp-Konto auf dem Handy von Wachtmeister Waldemar Gerald, Polizei-Wache West, ein. Es ist ein Bombenanschlag geplant. Weitere Informationen nur über WhatsApp. Dies ist kein Bluff oder Fake!!!

Zwei Tage später klaute ich aus dem Spind zweier Jugendlicher im Hallenbad ihre Handys, fuhr auf einen nahegelegenen Autobahnparkplatz und sendete von einem der geklauten Handys um 11.00 Uhr folgende Nachricht per WhatsApp an die Mobilfunk Nummer von Wachtmeister Waldemar Gerald:

Sie haben bis morgen um 10:00 Uhr Zeit 1.000.000 US-Dollar bereitzustellen, um diese online auf ein Konto zu überweisen. Bankverbindung und Hinweis wo und wie die Bomben entschärft werden können, sende ich morgen um 10:00 Uhr.

Ich entfernte die SIM-Karte, wischte sorgfältig alle Fingerabdrücke ab und legte das abgeschaltete Handy in meinen eigenen verschließbaren Briefkasten.

Die Vorstellung, wie die Ermittlungen im Polizeipräsidium seit dem Eintreffen meines Briefes und jetzt, nach direkter Kontaktaufnahme erst recht, auf Hochtouren laufen würden, machte mir mächtig viel Spaß. Die gesamte Führungsebene der Polizei, einschließlich der Staatsanwaltschaft, würden Tag und Nacht Bereitschaft schieben. Sie wussten nicht was es mit der Bombe tatsächlich auf sich hat und sie wussten nicht ob das Ganze ein Scherz oder eine tatsächliche Gefahr ist. Aber sie konnten es auch nicht einfach ignorieren. Ihre Karrieren und Pensionen standen auf dem Spiel.

Besonders hart würden sie wahrscheinlich mit dem armen Beamten der Polizei-Wache West umgehen. Vielleicht aber war die Kripo ja auch selbst schon darauf gekommen, wie einfach man an die Mobilfunknummer von Wachtmeister W. Gerald kommen konnte. Sie stand schon damals auf dem Notrufplan am Schwarzen Brett. Ich kannte sie daher und hatte den Anschluss vor ein paar Tagen von einer Telefonzelle aus getestet.

Sicher hatte die Kripo bereits herausgefunden, von welchem Handy und von wo ich die Nachricht gesendet hatte und warteten mit geöffneten Handschellen gierig auf die nächste Nachricht von mir, um es klicken zu lassen.

Aber so lief das Spiel nicht.

Meine nächste Nachricht setzte ich pünktlich um 10:00 Uhr am nächsten Tag von dem zweiten Handy in der Kirche St. Johann ab:

In zweien der zehn städtischen Krankenhäuser ist jeweils eine Bombe platziert, die per Funk gezündet werden kann. Überweisen Sie online bis um 11:00 Uhr die 1.000.000 US-Dollar auf ein Konto bei der CitiBank Russia in Moskau. Die Kontoverbindung folgt im Anschluss an diese Nachricht. Der Bankserver arbeitet viertelstündlich. Sollte die Wertstellung auf dem Konto bis um 11:00 Uhr erfolgt sein, kommt auf gleichem Weg die Bekanntgabe der Bomben Standorte. Sie werden in der jetzt noch verbleibenden Zeit keine Chance haben die zwei Bomben zu finden. Wenn Sie nicht den Tod hunderter Patienten in Kauf nehmen wollen, dann befolgen Sie sehr genau meine Anweisungen.

Ich drückte auf „senden" und schickte die Bankverbindungsdaten gleich hinterher. Dann entfernte ich die SIM-Karte, wischte wieder sorgfältig alle Fingerabdrücke ab und legte das abgeschaltete Handy neben das erste in meinen Briefkasten.

In meiner Wohnung packte ich verschiedene Wertsachen zusammen, entnahm bis auf wenige Geldscheine meinem Wandtresor alle Unterlagen, die mit Geldgeschäften zu tun hatten und packte alles in eine Reisetasche, die ich in einem Schließfach im Bahnhof deponierte. Ich wusste wie das Spiel abläuft.

Sie würden die Summe überweisen, weil niemand die Verantwortung für eine Fehlentscheidung mit tödlichem Ausgang übernehmen wollte. Danach aber würden sie mit Hochdruck unter Einschaltung der Deutschen Botschaft in Moskau ermitteln. Lange würde es nicht dauern und sie würden herausfinden, dass ich hinter dem angegebenen Konto stecke. Sowas ermittelt die Kripo in Zusammenarbeit mit der Staatsanwaltschaft routiniert und schnell.

Dann würde die ganze Meute spätestens in drei bis vier Stunden mit breitem Grinsen vor meiner Tür stehen, mir einen Haftbefehl unter die Nase halten, mich einen kurzen Blick auf einen Durchsuchungsbeschluss werfen lassen und meine Wohnung auseinandernehmen als sollten sie einen Schrottplatz aufräumen. Ihres Triumphes sicher hatten sie vor dem Einsatz natürlich die Presse informiert, die sich mit Fernsehkameras und riesenlangen Teleobjektiven dem Tross der Polizeifahrzeuge anschließen würde.

Genau so lief die Show dann auch ab.

Als die Wohnungstür aufgestoßen wurde und der mir gut bekannte Hauptkommissar mit zwei Uniformierten und schadenfrohem Grinsen vor mir stand, wusste ich, dass sie gezahlt und damit verloren hatten.

„Das war's dann wohl, Quasimodo." und zu den zwei Uniformierten „Festnehmen!"

Ich protestierte lautstark.

„Was soll das? Haben Sie sich 'n falsches Schmerzmittel in Ihren Kaffee gerührt? Oder was geht hier ab, Herr Hauptkommissar?"

„Nicht frech werden, mein Junge. Du bist vorläufig festgenommen wegen des Verdachtes der räuberischen Erpressung."

Die Uniformierten legten mir Handschellen an und ich rief so laut ich konnte:

„Die spinnen doch, die Bullen."

„Was war das? Habe ich da eben sowas, wie Beamtenbeleidigung gehört?"

„Nicht von mir, Herr Hauptkommissar. War 'n Zitat aus „Asterix und die Landwirtschaft".

Mittlerweile wimmelte es um uns herum von zivilen Beamten, die anfingen die Wohnung in ein Trümmerfeld zu verwandeln. Ich fragte den Hauptkommissar, ob die das dürfen und was sie eigentlich suchen. Er hatte aber keine Lust mehr sich mit mir zu unterhalten und gab mir den Durchsuchungsbeschluss zum Lesen.

Nach einer Stunde sah meine Wohnung aus, als sei ein Hurrikan durchgezogen.

„Die Autoschlüssel, Quasimodo. Wo hast Du die?"

„Keine Ahnung. Such ich selbst schon seit Wochen."

„Rede kein Scheiß. Wo sind sie?"

„Sag ich doch, weg."

Er fasste in meine Hosentasche und zog den Schlüsselring raus, an dem die Schlüssel für das Auto, die Wohnungstür und den Briefkasten hingen.

„Na bitte, Du Clown.“

„Darauf wäre ich jetzt wirklich nicht gekommen, Herr Hauptkommissar.“

„Die große Klappe wird man Dir im Knast schon noch stopfen, mein Junge. – Wofür ist dieser Schlüssel hier?“

„Ist für die Schatzkiste unter dem Wohnzimmerteppich.“

Er trat dicht an mich heran und sah mir in die Augen.

„Es langt, Quasimodo. Man muss wissen, wann man verloren hat.- Also?“

„Man, Herr Hauptkommissar. Warum so humorlos? Ist doch nur der Schlüssel für den Briefkasten draußen.“

Ein Uniformierter kam nach wenigen Minuten stolz mit den zwei Handys in einer Plastiktüte zurück, und ich kam von zwei Bullen eingerahmt, nach draußen in ein Blitzlichtgewitter der versammelten Presse.

Am nächsten Tag wurde ich am späten Nachmittag einem Haftrichter vorgeführt. Ich verneinte die Frage, ob ich einen Rechtsanwalt hinzuziehen möchte, der meine Interessen später vor Gericht oder jetzt beim Haftptüfungstermin vertreten würde und erklärte, dass ich ja nicht einmal wüsste, weshalb ich die Nacht im Gefängnis verbringen musste.

Der anscheinend gut gelaunte Richter lächelte mich an.

„Dem Manne kann geholfen werden, sagt Karl Moor in Schillers Räuber. Bitte sehr, Herr Staatsanwalt.“

Nachdem der Staatsanwalt mit dem Vorlesen der Anklageschrift fertig war, fragte der Richter mich, was ich dazu zu sagen habe. Ich stellte die Gegenfrage, ob ich hier in der Sendung „Versteckte Kamera" gelandet sei und ob das Ganze ein übler Scherz ist.

Er fand, dass 1.000.000 US-Dollar als Scherzartikel nicht gerade üblich sind. Räumte aber ein, dass bei meinen Vermögensverhältnissen die Sache durchaus anders gesehen werden könnte.

Ich tat so als ginge mich die Sache ab jetzt nichts mehr an und schaute gelangweilt an die Decke. Eine Weile schwiegen alle. Dann sagte ich:

„Hier fehlt der Rauchmelder."

Der Staatsanwalt rutschte nervös auf seinem Stuhl herum und der ebenfalls anwesende Hauptkommissar versteckte sein Gesicht hinter einem Aktendeckel.

Aber der Richter blieb cool. Er schaute nicht einmal zur Decke hoch.

„Das macht nichts, in diesem Raum übernachtet keiner. Wir sind hier alle ganz hellwach und deshalb, Herr Manske, reden wir beiden jetzt auch mal ganz vernünftig miteinander. Bitte beantworten Sie meine Fragen ohne Albernheiten. – Haben Sie ein Bankkonto bei der CitiBank in Moskau?"

„Ja."

„Warum wurde das Konto unter einem falschen Namen eingerichtet?"

„Angst vor der Russenmafia."

„Aha. Machen Sie mit der Russenmafia Geschäfte?"

„Nein.“

„Warum dann die Angst?“

„Ist doch wohl nicht verboten Angst zu haben, oder?“

„Ist es nicht. Nur erklärt das nicht den falschen Namen des wirklichen Kontoinhabers. Gut, lassen wir das erst einmal auf sich beruhen. In Ihrem Briefkasten hat die Polizei zwei Handys gefunden. Sind das Ihre?“

„Nein. Wenn ich ein Handy hätte, würde ich es in der Hosentasche aufbewahren, nicht im Briefkasten.“

„Sie haben kein Handy?“

„Richtig.“

„Auch nie eines gehabt?“

„Doch. Ich hatte ein Handy als ich noch mit meinen Kumpels Skat gespielt habe. Wir mussten uns ja irgendwie verabreden, weil alle viel mit dem Auto unterwegs waren.“

„Hm. Und jetzt haben Sie also keines mehr. Haben Sie sich damals über WhatsApp verabredet?“

„Wir hatten alle Nokia Handys. Einer wechselte mal zu Samsung. Aber ein WhatsApp Handy kenne ich nicht.“

„So, so, haben Sie eine Ahnung, wem die Handys gehören, die die Polizei in Ihrem Briefkasten gefunden hat und wie die da hineingekommen sind?“

„Nö, weiß ich beim besten Willen nicht. Aber wenn Sie den ermittelt haben, Herr Richter, werde ich mir den Arsch mal vorknöpfen.“

Ein Gerichtsdiener trat mit einem Zettel in der Hand an den Richtertisch. Der Richter überflog das Geschriebene und gab den Wisch weiter an den Staatsanwalt.

Dann wandte sich wieder an mich.

„Auf Ihr Konto der CitiBank wurden vor etwa vierundzwanzig Stunden 1.000.000 US-Dollar überwiesen. Haben Sie diese Summe erwartet?"

Darauf hatte ich gewartet. Ich sprang wütend auf und wetterte los.

„Woher wissen Sie eigentlich von dem Konto in Moskau? Und wie kommen Sie an den Kontostand? Das ist doch eine Riesenschweinerei. Ich sage jetzt gar nichts mehr und will einen Anwalt sprechen, damit ich das Gericht oder die Polizei wegen Verletzung des Datenschutzes verklagen kann. Und dass mir einer 1.000.000 Dollar geschenkt hat, können Sie irgend so'ner Arschkrampe erzählen, aber nicht mir."

Der Richter blieb auch nach diesem Wutausbruch cool.

„Ihnen hat auch keiner 1.000.000 Dollar geschenkt. Das Geld wurde wieder zurück überwiesen. Ich unterbreche für dreißig Minuten. Der Angeklagte bleibt unter Bewachung solange im Zeugenzimmer."

„Ich will einen Anwalt!" schrie ich ihn an.

„Der Herr Staatsanwalt wird sich darum kümmern. Beruhigen Sie sich."

Im Zeugenzimmer gab es einen Fernseher und zwei Tageszeitungen von heute. Ich hatte es in beiden Zeitungen auf die Titelseite geschafft. Das Bild zeigte mich und die

Kripobeamten in Großaufnahme wie ich in Handschellen aus dem Haus geführt wurde.

Die Bildunterschrift erfüllte meine kühnsten Träume:

Der bei der Polizei unter dem Namen „Quasimodo" bekannte Verbrecherkönig S.M. wurde gestern innerhalb von wenigen Stunden, dank hervorragender Ermittlungsarbeit von Staatsanwaltschaft und Kriminalpolizei, überführt und festgenommen. S.M. soll versucht haben die Stadt mit einer Lösegeldsumme von 1.000.000 US-Dollar zu erpressen. Es ist das erste Mal, dass der Verbrecherkönig überführt werden konnte.

Ich hatte erreicht, was ich wollte. Jetzt würden sie alle zusammensitzen und beratschlagen, wie es weiter gehen soll. Das Geld hatten sie zurück, womit sie nicht rechnen konnten. Einen finanziellen Schaden für die Stadt gibt es nicht. Da keine Nachricht mehr über WhatsApp eingegangen war und bei mir nichts Verdächtiges gefunden wurde, was irgendwie mit Sprengstoff in Verbindung gebracht werden konnte, musste ihnen klar geworden sein, dass es auch keine Bombe gibt und ich sie damit gelinkt hatte.

Aber sie hatten nun einmal der Presse am Tag zuvor stolz berichtet, dass sie mich, Quasimodo, endlich wegen eines Schwerverbrechens überfuhren können. Und sie glaubten gute Beweise meiner Schuld als Erpresser vorweisen zum können.

Nun sah ihr Blatt überhaupt nicht mehr gut aus.

Ein junger Rechtsanwalt kam in das Zeugenzimmer, stellte sich kurz vor, erklärte dass der Staatsanwalt ihn gebeten hatte als mein Pflichtverteidiger einzuspringen und schickte den Polizeibeamten nach draußen, um sich mit seinem neuen Mandanten unter vier Augen zu unterhalten.

Ich erzählte ihm, dass ich seit über einem halben Jahr clean von jeglicher Ungesetzlichkeit lebe und dass scheinbar irgendein Typ aus vergangenen Zeiten mich reinlegen will, indem er Handys in meinen Briefkasten legt, um mich verdächtig zu machen.

„Fragen Sie die Bullen, ob meine Fingerabdrücke auf den Handys sind. Die können gar keine gesichert haben, weil ich die verdammten Dinger nie gesehen und deshalb auch nie angefasst haben kann."

„Okay. Ich gehe jetzt zum Richter und verlange Akteneinsicht. Dann sehen wir weiter."

Nach einer Stunde kam er wieder, sagte laut „Es geht weiter" und flüsterte mir leise ins Ohr „Sieht nicht schlecht aus für Sie."

Er war jung, es war sein erster Fall als Pflichtverteidiger und er hatte Ehrgeiz zu beweisen, was er draufhat.

Kaum dass wir wieder alle im Richterzimmer saßen, stand er sofort auf und erklärte dem Richter, dass er, Ernst Vogel, als Pflichtverteidiger das Mandat des Beschuldigten übernommen hat und sein Mandant von seinem Aussageverweigerungsrecht Gebrauch mache.

Der Richter schaute ihn fast mitleidig an.

„Lieber junger Kollege, dass Sie die Verteidigung des Beschuldigten übernommen haben ist mir natürlich bekannt. Ich darf Sie aber darauf aufmerksam machen, dass wir hier nicht zu Gericht sitzen, sondern ich mir lediglich ein Bild von dem Beschuldigten machen möchte, ob die Anordnung einer U-Haft berechtigt ist. Und nun setzen Sie sich bitte wieder. – Also Herr Vogel, was sagt Ihr Mandant zu dem CitiBank Konto und den 1.000.000 US-Dollar, die darauf eingezahlt werden sollten?"

„Sie gehen davon aus, dass mein Mandant der Erpresser ist. Das ist aber nicht der Fall. Es gibt jemanden, wahrscheinlich eine Person, mit der er bei seinen früheren Geschäftstätigkeiten zu tun hatte, die ihn auf ganz üble Art und Weise reinlegen will. Diese Person, nennen wir sie „X", hat das alles so eingefädelt, um meinen Mandanten zu belasten."

„Woher kennt „X" die Kontonummer Ihres Mandanten?"

„Steht auf jedem Briefkopf von Herrn Manske und kann sich deshalb jeder besorgt haben."

„Warum hat Herr Manske die Bank angewiesen die eingezahlte Summe wieder voll zurück zu überweisen?"

„Weil er wegen der Russen Mafia keine hohen Beträge auf seinem Konto haben will. Der Herr Staatsanwalt hat bei seinen Ermittlungen doch festgestellt, dass früher schon Beträge, die höher als 20.000 Dollar waren, zurück überwiesen wurden. Und das ist doch gerade der Beweis. „X" wusste nichts davon, dass es diese Bankanweisung des Kontoinhabers gab. Was macht es denn auch für einen Sinn, 1.000.000 Dollar zu erpressen und das Lösegeld dann nicht anzunehmen?"

„Vielleicht wollte Ihr Mandant, wie in früheren Fällen der Polizei nur eine lange Nase machen."

„Gibt es dafür irgendeinen relevanten Beweis?"

„Nein, gibt es nicht. Nur die starke Vermutung. Aber wenn Ihre Theorie stimmt, wie kommt denn der ominöse

Herr „X“ an das Geld von Herrn Manskes Konto in Moskau?“

„Das kann sich mein Mandant auch nicht erklären. Wahrscheinlich mit einer gefälschten Vollmacht“

Der Richter sah stirnrunzelnd den jungen Kollegen an. Räusperte sich vernehmlich und wandte sich dann, ohne mich eines Blickes zu würdigen, wieder seinen Papieren zu.

„Kommen wir zum nächsten Punkt. Die beiden im Briefkasten Ihres Mandanten gefundenen Handys. Ein wunderbares Versteck, auf das die Polizei nur durch Zufall gekommen ist, weil der Schlüssel für den Briefkasten am Ring des Autoschlüssels von Herrn Manske hing.“

„Auch das spricht doch genau für die Unschuld meines Mandanten, Herr Richter. Welcher Trottel legt denn die einzigen Beweisstücke in den eigenen Briefkasten und entsorgt sie nicht dort, wo keiner sie finden würde?“

„Auf den Handys waren sorgfältig alle Fingerabdrücke abgewischt. Und die SIM-Karte war entfernt worden. Warum?“

„Weiß ich nicht. und mein Mandant auch nicht. „X“ hatte ja keine Möglichkeit Fingerabdrücke meines Mandanten auf die Handys zu zaubern. Abgewischte Fingerabdrücke erhärten natürlich den Verdacht, dass mein Mandant sie angefasst hatte. Aber auf jeden Fall können die Handys nicht als Beweis geltend gemacht werden, dass Herr Manske damit telefoniert hat.“

„Es scheint so. Gibt es sonst noch etwas zur Verteidigung Ihres Mandanten vorzubringen?“

„Nein. Ich beantrage die sofortige Entlassung meines Mandanten aus der U-Haft und die Einstellung des Strafverfahrens."

„Langsam, Herr Kollege. Ein Strafverfahren ist noch gar nicht eröffnet worden."

Der Richter tuschelte kurz mit dem Staatsanwalt und verkündete dann „Die U-Haft von Herrn Siegfried Manske wird aufgehoben. Sie können gehen Herr Manske."

Die Presseberichte nach meiner Entlassung entsprachen voll meinen Erwartungen. Unter meinem Portraitfoto auf der ersten Seite des Weser-Kuriers stand:

Wieder einmal hat „Quasimodo" es geschafft. Die Staatsanwaltschaft ist zwar fest von der Schuld des sogenannten „Verbrecherkönigs" überzeugt, kann aber keine gerichtsverwertbaren Beweise dafür beibringen. „Quasimodo" ist wieder auf freiem Fuß.

***

Quasimodo gegen den „Schmetterling"

Meine Karriere als Berufsverbrecher zeigte konstant nach oben und so sollte es auch bleiben.

Der „Schmetterling" und ich gerieten aneinander, bevor wir uns kannten. Ich kam raus und er wollte rein in die Kneipe „Last Order". Wir standen uns beide im Türrahmen gegenüber. Ich wich genau so wenig zurück wie er. Kurz entschlossen rammte ich ihm meinen Buckel in den Magen. Als ich seinen nach vorne fallendem Kopf abfangen wollte, hielt ich eine Perücke in der Hand. Sein Schnurrbart stand senkrecht über der Oberlippe und ohne Brille, die an einem Bügel an seinem rechten Ohr baumelte, sah er lächerlich zerzaust aus. Ich warf ihm die Perücke vor die Füße, grinste ihn an und ging.

Er kam im Laufschritt hinterher, und ging in Stellung für die nächste Ziegenbock-Attacke. Drei Schritte vor mir blieb er stehen.

„Hi, du bist doch der, den alle Quasimodo nennen." Die Bewunderung in seiner Stimme stimmte mich friedfertig.

„Wer will das wissen?"

„Ich bin noch nicht so lange in der Stadt. Aber vielleicht hast du von dem Bruch in das Juweliergeschäft in der Schillerstraße gelesen? – Das war ich."

„Und? Was willst du von mir? Soll ich dir den Scheiß etwa abkaufen, oder was?"

„Nein. Ich bin Schauspieler und Schlosser. Beide Berufe sind mein Handwerkszeug. Ich arbeite allein, Du mit deinen Kumpels zusammen. Ich will nur sagen, dass in der Stadt für uns beide genug zu holen ist."

„Und ich will nur sagen, dass du etwas vergessen hast. Du bist nicht nur Schauspieler und Schlosser sondern auch Arschloch. Verpiss dich, und komm mir nicht in die Quere."

Ich drehte mich um, und er rief enttäuscht hinter mir her: „Ich dachte wir könnten mal zusammen ein Bier trinken. Ich wohne hier gleich nebenan."

Seine Verbrecherkarriere entwickelte sich tatsächlich erstaunlich. Schon bald wurde er nicht nur in der Szene, sondern auch in Polizeikreisen der „Schmetterling" genannt. Außer mir, kannte keiner sein wirkliches Aussehen. Er war ein exzellenter Verwandlungskünstler. So wie ein Schmetterling eben, der vom Ei zur Raupe und dann erst zum Schmetterling wird, der von Blüte zu Blüte flattert. Seine Blüten hießen Rauschgifthandel und Einbruch. Und auf seinen Fundus an Perücken, falschen Bärten, Brillen, Schminkutensilien und Gummimasken würde manches Theater neidvoll blicken.

Zwei Jahre waren nach unserer ersten Begegnung vergangen. Zwischendurch telefonierten wir sogar ab und an miteinander. Nichts Wichtiges, aber unter Kollegen durchaus üblich, kleine Infos auszutauschen.

Mir war es egal, ob die Polizei mich hin und wieder für Verbrechen verdächtigte, die er oder vielleicht auch mein Bruder, der lieber Freiberuflicher bleiben und nicht Mitglied meiner Gang sein wollte, verübt hatten. Mir konnte nie eine Tat nachgewiesen werden. Aber seitdem die Bullen meinen Bruder wieder mal erwischt hatten und er in der U-Haft auf seinen Prozess wartete, konzentrierten sich die Ermittler auf den „Schmetterling“ und er bekam in letzter Zeit zu viel Aufmerksamkeit in den Medien, was mich ärgerlich machte.

Ich fand, es wurde Zeit, den Spekulationen in den Medien über das Phantom „Schmetterling“ ein Ende zu setzen, bevor mein Ruf und der Respekt, den ich mir in der Szene erworben hatte, verblassen könnten. Man musste ihm klar machen, wer in der Stadt der Boss ist.

Ihn auszuspionieren war eine Kleinigkeit. Ich wusste, wo er wohnt, wie er aussieht und auch bald, wie sein Drogenhandel funktioniert.

Sein Prinzip: je simpler, umso sicherer, hatte einen gewissen Charme. Keine Zwischenhändler, keine Mitwisser, kein vermeidbares Risiko. Er verkleidete sich entweder als angetrunkener Penner, als Beinamputierter an zwei Gehhilfen, als Rollstuhlfahrer oder täuschte andere Behinderungen vor. In dieser Verkleidung saß er in der Nähe eines öffentlichen Papierkorbes auf einer Bank. Sein Lieferant kam als Spaziergänger mit einer Plastiktüte in der einen Hand daher, blieb an dem Papierkorb stehen, schälte nacheinander zwei Bananen, die er aus der Tüte kramte, tat deren Schalen zurück in die Tüte und warf dann die Tüte in den Papierkorb. Ein ordentlicher Zeitgenosse.

Der „Schmetterling“ näherte sich gleich danach dem Papierkorb und stieß ihn dank seiner offensichtlichen Behinderung oder seines angetrunkenen Zustandes ungeschickt aus der Halterung. Umständlich raffte er den herausgefallenen Unrat zusammen, griff in die Plastiktüte mit den Bananenschalen, holte ein etwas bräunliches aber noch ganzes Exemplar heraus, steckte es zurück und ließ die Tüte in seiner umgehängten Einkaufstasche verschwinden.

Manchmal halfen Passanten dabei, alles wieder in den Papierkorb zu entsorgen und lächelten mitleidig, wenn er die Bananentüte für sich behielt.

1,5 kg Koks wechselten unter den Augen der Öffentlichkeit den Besitzer. Der „Schmetterling" vertickte das Zeug für viel Geld an die kleinen Dealer. Wie er das organisierte interessierte mich nicht.

Der Mann, den ich seit einer halben Stunde beobachtete, kniff die Augen zu schmalen Schlitzen zusammen, blinzelte gegen die Sonne auf seine Armbanduhr und schob dann die auffällig große Sonnenbrille zurück auf den Nasenrücken. Sorgfältig zog er die Manschette seines schneeweißen Hemdes über die goldene Rolex und erhob sich von der Bank, auf der er anscheinend vor sich hindösend, die wärmenden Sonnenstrahlen des Spätherbsttages genossen hatte.

Ein unauffälliger Blick auf seinen rechten Arm überzeugte ihn davon, dass die gelbe Binde mit den drei schwarzen Punkten ordnungsgemäß über dem Ellenbogen saß. Durch die Handschlaufe fasste er den hölzernen Griff des faltbaren Blindenstocks aus Titan und ging damit tastend von der Bank über den Rasen zum befestigten Weg.

Etwa 250 m entfernt, hinter zwei dicht zusammenstehenden Eichen, die mir als Versteck dienten, steckte ich den kleinen Feldstecher in meine Jackentasche und machte mich bereit. Der Mann mit dem Blindenstock kam langsam auf mich zu. Der Blindenstock berührte bei jedem zweiten Schritt die rechte Bordsteinkante. Ein Blinder, der sich im Park ausgeruht hatte und nun auf dem Heimweg war.

Er hatte noch gute 100 m bis zum Papierkorb, als ein Spaziergänger plötzlich aus der Gegenrichtung auftauchte.

Den Rest einer Banane kauend, tat er die Bananenschale in eine schwarze Plastiktüte, die er in der linken Hand hielt und holte eine weitere Banane daraus hervor, deren Schale er ebenfalls zurück in der Tüte steckte. Am Papierkorb angekommen, hob er den Deckel an und warf die Tütre hinein.

Auf gleicher Höhe mit dem ihm entgegenkommenden Blinden blieb er kurz stehen und fragte ob er behilflich sein könne. Der Blinde bedankte sich und ging langsam weiter, in dem er sich am Bordstein mit dem Blindenstock orientierte.

Der Spaziergänger verschwand gerade hinter der nächsten Wegbiegung als ich mir die Kapuze über den Kopf zog und losspurtete. Bis zum Papierkorb hatte ich nur 50 m und kam locker vor dem Blinden dort an.

Deckel hoch, die schwarze Tüte greifen, war Sache von Sekunden.

Als der Blinde seine Überraschung überwunden hatte und mir nachrannte, war ich schon am Parkplatz angelangt, auf dem mein Auto stand. Im Rückspiegel sah ich noch, wie der „Schmetterling" über irgendein Hindernis stolperte und hinfiel.

Am nächsten Tag rief ich ihn an.

„Hast du Interesse an 1,5 kg Schnee?"

Er ließ sich lange mit der Antwort Zeit, so dass ich schon dachte er hätte das Handy zur Seite gelegt.

„Wie kommst du auf mich?"

„Du hast mir doch selbst mal was angeboten. Ich dachte, dass du vielleicht interessiert bist."

„Vielleicht. Warum willst du das Zeugs loswerden? So-was gehört doch auch in deinen Medizinschrank.“

„Nicht mehr. Ist mir zu heiß. Also „Schmetterling“: ja oder nein?“

Wieder längeres Schweigen.

„Woher hast du das Zeug, wenn du selbst damit nichts mehr am Hut hast?“

„Muss ich dir nicht sagen. Tu ich aber. Gestern Abend hat ein Penner mir eine Tüte mit Bananenschalen vor die Füße geworfen, als ich ihm einen Tritt verpasst hatte, weil er mich angebettelt hat. Nicht nur Bananenschalen, sondern auch eine Tüte mit weißem Pulver fiel auf die Straße. Insgesamt sind es drei Tüten mit Schnee vom Feinsten. Genau 500 g jede Tüte. Ich hab's nachgewogen.“

Wieder langes Schweigen bis er antwortete.

„Wieviel?“

„120 Lila-Riesen“

„60“

„80“

„Ok, letztes Wort 70 Riesen“

„Ok. Aber cash! Du musst den Nuttendiesel nur heute noch bei mir abholen. Ich will den Scheiß nicht länger im Haus haben. Bis wann hast du die Kohle beisammen?“

„Nicht vor 20 Uhr“

„OK, komm um 20 Uhr. Dann bin ich hoffentlich noch zu Hause und es ist auch schon ziemlich dunkel. Sei pünkt-lich. Sollten wir uns verpassen, liegt der Beutel mit dem

Stoff in der Schublade unter der Werkbank in der Garage. Geh durch die Seitentür in die Garage. Du hast ja Schlosser gelernt und knackst Türschlösser wie Wallnüsse. Leg die Piepen in die Schublade und schließ die Tür wieder ab! – Kapiert?"

„OK, bis nachher."

Die Sache lief in die richtige Richtung. Jetzt kam der etwas schwierigere Teil. Ich wählte die Nummer von Hauptkommissar Thomas. Er nahm sofort den Hörer ab.

„Hallo, Herr Hauptkommissar, Manske hier. Ich wollte mal hören, wie es Ihnen so geht."

„Bist du verrückt geworden, Quasimodo? Was willst du?"

Wir kannten uns von vielen Verhören, und ich ging jedes Mal als freier Mann aus dem Vernehmungszimmer.

„Seien Sie nicht so unfreundlich zu mir, Herr Hauptkommissar, ich will Ihnen etwas schenken."

„Du mir etwas schenken!? Wenn du nicht sofort sagst, was Du willst, schenke ich dir eine Nacht im Bau, inklusive Frühstückskaffee."

„Verzichte, Herr Hauptkommissar, der Kaffee bei Ihnen soll nicht so besonders gut sein. Sie könnten ihn allerdings mit einem Schuss Koks trinkbarer machen. Ich ..."

„Halt, verdammt noch, mal die Schnauze, Quasimodo! Du stiehlst mir die Zeit" unterbrach er mich und legte auf.

Ich drückte auf Wahlwiederholung. Die Rufnummernunterdrückung ist auf meinem Handy immer aktiv. Der Bulle konnte nicht sehen wer ihn jetzt anrief.

Er hatte seinen Namen noch nicht runtergeleiert, da ging ich dazwischen.

„1,5 kg feinstes Heroin sind bei mir zu Hause abzuholen, Herr Hauptkommissar. Wenn Sie nicht gleich wieder auflegen, kriegen Sie auch ´ne Erklärung dazu.“

Er sagte nichts, legte aber auch nicht auf.

„Gestern Abend hat ein Penner mir eine Tüte mit Bananenschalen vor die Füße geworfen, als ich ihm einen Tritt verpasst hatte, weil er mich angebettelt hat. Nicht nur Bananenschalen, sondern auch eine Tüte mit weißem Pulver fiel auf die Straße. Insgesamt sind es drei Tüten mit Schnee vom Feinsten. 500 g jede Tüte. Ich hab's nachgewogen.“

Gleiches hatte ich dem Schmetterling erzählt und der hatte es geschluckt. Der Kommissar sagte nichts und ich fragte mich, ob ich ihn vielleicht ein wenig aufmuntern sollte.

„Sie haben doch wohl nicht gerade Ihren Mittagsschlaf begonnen, Herr Hauptkommissar? Soll ich besser später noch mal anrufen?“

Ich hörte, wie er tief Luft holte.

„Quasimodo, irgendwann stopfe ich Dir Dein unverschämtes Maul. Ich werde Dir so in den Arsch treten, dass Du zwei Wochen lang Stiefelspitzen scheißt. Also, zum letzten Mal: was willst du wirklich?“

„Die Story stimmt, Herr Hauptkommissar. Ich rufe Sie an, weil der Besitzer den Penner wahrscheinlich beobachtet hat, denn der wird ihm den Schnee ja wohl geklaut haben. Vielleicht war er nur auf die Bananen scharf und wusste nichts von seinem Glück. Dürfte unter Freunden mindestens 60.000 Eier wert sein. Ist doch naheliegend, dass der Besitzer versuchen wird sich sein Eigentum von mir gewaltsam zurückzuholen."

„Und?"

„Ich brauche Polizeischutz, Herr Hauptkommissar. Vielleicht ist der Besitzer ja auch ein bekannter Dealer und Sie hätten die Chance einen großen Fisch an die Angel zu kriegen. Alles nur, weil ich ein ehrliches Leben führe und weil ich Ihnen etwas schenken möchte für den vielen Kummer, den Sie mit mir hatten, Herr Hauptkommissar."

„Mir kommen vor Rührung die Tränen, Quasimodo. Und hör endlich auf mit dem dauernden *Herr Hauptkommissar*. Ich glaube Dir kein Wort. Aber weil Du vielleicht wieder mal versuchst die Polizei vorzuführen, werde ich einen Beamten zur Observierung abstellen. Sollte der Mann ohne Deine Bananentüte wieder im Revier erscheinen, wirst Du den Frühstückskaffee in der Zelle hier bei uns trinken; ob er Dir schmeckt oder nicht. Ich lasse Dich wegen Irreführung der Polizei solange schmoren, bis der Richter Dich laufen lässt? Und der ist nicht so schnell zu erreichen. Ist das klar? Von wo rufst Du jetzt an? Von zu Hause?"

„Nein, Herr Hauptkommissar, ich bin unterwegs und erst um halb Acht zurück. Wenn der Bulle ... pardon, wenn Ihr Mann mich sieht, kann er sich ja zu erkennen geben, damit ich ihm die Tüte übergebe. Aber die Überwachung müsste noch solange fortgesetzt werden, bis die Zeitungen damit aufmachen, dass ich, Quasimodo, der Polizei 1,5 kg Heroin übergeben habe, die jemand verloren hat. Dann geht nämlich keine Gefahr mehr vom eigentlichen Besitzer für mich aus. Und, Herr Hauptkommissar, wäre gut für mein Image, wenn sie den Pressehengsten stecken würden, dass ich keinen Finderlohn beantragt habe."

Ich hörte deutlich, wie er mit den Zähnen knirschte.

„Du bist ein ganz ausgekochter Hund, Quasimodo, und erklär mir gefälligst nicht, wie ich meinen Job zu machen habe, Klugscheißer."

„Sie haben es heute aber mächtig mit der Fäkalsprache, Herr Hauptkommissar."

„Schnauze."

Damit waren das Gespräch und der berufliche Erfolg des „Schmetterlings" beendet. Der Zugriff der Polizei erfolgte, als der „Schmetterling" meine Garage gerade durch die Seitentür verlassen hatte. Die Zeitungen brachten auf der ersten Seite das wahre Gesicht des Verwandlungskünstlers, genannt der „Schmetterling".

***

Epilog

Nicht immer hält das rote Licht, was es dem braven Mann verspricht.